Nós em versos

POESIAS

www.editorapedaletra.com.br
(11) 3733-0404 / 3687-7198

Projeto gráfico
Quatria Comunicação

Iracema Claro
Poesias

Gustavo Mendes
Direção de arte e capa

Jandira Queiroz
Revisão

Dados Internacionais de Catalogação na Publicação (CIP)
Angelica Ilacqua CRB-8/7057

Claro, Iracema
Nós em versos / Iracema Claro. -- Brasil : Pé da Letra, 2021.
158 p.

ISBN 978-65-5888-165-0

1. Poesia brasileira I. Título

CDD B869.1

21-1009

Índices para catálogo sistemático:

1. Poesia brasileira

IRACEMA CLARO

Nós em versos

POESIAS

PÉ da letra

Era uma vez... nós!

E foi assim:
Ele de calça Levi's, eu, de algodão.
Ele de sapato fino, eu, de blusão.
Ele já dirigia e eu de bicicleta.
Eu sonhando em ser bailarina.
E ele já era atleta.
Ele observava as estrelas
e, de telescópio, olhava a lua.
Eu pensava em bailinho na garagem
e batia papo na rua.
Ele falava inglês.
E eu, a língua do pê.
Ele estudava teologia e fazia caratê.
Ele falava de livros, culturas e filosofia.
E eu pensava sozinha:
Será que vou entender isso um dia?
Eu dizia: E aêêêêê?!!
Ele dizia: Eu te amo!
Eu somente vivia.
E ele já tinha seus planos.
Eu pensava em ser alguém.
Ele já era formado.
Eu sonhava dormindo.
Ele sonhava acordado.
Enquanto eu aprendia voleibol.
Ele era atleta federado.
Eu repeti na escola.

Ele, no colégio, era medalhado.
Eu só cantava no chuveiro.
Ele já tocava bem violão.
Eu era um palitinho.
E ele já tinha pernão... rs
Ele, cabelo arrumado e barba aparadinha.
Eu, ou descabelada ou estava de trancinha.
Ele perguntou: Quer casar?
Seu momento de insanidade... rs
Eu disse: Sim, com certeza!
E alcancei maioridade.
Depois de 33 anos,
sabe o que aconteceu?
Estamos juntos felizes.
E a família cresceu.
Temos duas meninas,
princesas que Deus nos deu.
E, agora, depois de tantos anos,
continua a nossa trajetória:
ele contando a vida
e eu contando história.
Sonho brincando a vida,
subindo como uma pipa, um balão.
Ele com a "carretilha"
me traz de volta pro chão. rs
Ele continua todo certinho.
E eu, sem noção.

Ele, disciplinado.
Eu, confusão.
Ele curte um grelhado.
Eu, batatinha.
Ele lava louça.
E eu saio da cozinha.
Ele é conhecedor de vinho.
E gosta de boas comidas na mesa.
Eu curto um sanduíche,
já esperando a sobremesa.
Ele usa palavras certas.
Eu cuido para não errar.
Mas a gente combina tanto
que nem dá para contar...
É como queijo e marmelada,
arroz e feijoada,
pão com manteiga e café,
cabeça e cafuné,
bolo e presente,
abraço apertado e beijo quente.
Deus nos uniu, não posso duvidar!
Amo-te cada dia mais e amo te amar!
Marcão, você é meu número!

O pingo

A vida é um pingo.
Um pingado e um pão.
Um pingo de chuva.
Um pingo no grão.
Um pingo que pinga e molha o chão.
Um pingo nos is, e termina a confusão,
O pingo de leite,
deleite de quem ganha o pão.
Pingo de gente,
presente de uma união.
Pinga de cana
arde a alma, enxágua a cama.
Pingo de ouro
encanta o jardineiro,
prêmio de quem trabalhou o dia inteiro.
Pingo do mel
escorre, brilhante, o bom da vida.
Que abelhinha sabida!
Pingo de amor
pinga, pinga, pinga,
inunda vida e cor!

Pontes

Pontes passarão.
Passarinhos voltarão aos seus ninhos.
Necessário...
Ponte no poente e na nascente.
Ponte que desce riacho,
estreita lugares,
amplia horizontes.
A ponte que é boa fica.
A ponte ruim rui,
destrói o caminho de volta,
do retorno, do entorno, do perdão, reconciliação...
do relembrar, rever, reconciliar, reconhecer.
A ponte é pra ir e vir, não ir e esquecer.
Ela precisa ser cuidada, senão não vem nem vai.
Pontes precisam de cordão
conversando com os dois lados.
Perguntei: Como vai?
A ponte nem responde
porque observa o seu trabalho, senão cai.
Ponte indo e voltando.
Ponte indo e ficando.
Às vezes dói quando gente passa e a destrói.
Fica sem volta. Dói, dói!
Pontes são essenciais.

Ponte deixa vir e vai.
Na vida há muitos caminhos,
pontes aparecem em pedacinhos.
Precisa deixar.
Preciso cuidar.
Quem sabe se vou e fico.
Quem sabe se volto e digo:
Olá! Como vai?
Se vou bem, vou e volto
Se mal, a ponte cai.
Se caiu, não tem volta.
Se quer voltar sem ponte...
Ah, não vai.
Deixe a ponte.
Deixe-a lá.
Deixa hoje e amanhã pode voltar!

Flores

Corações que enviam flores
estão perfumados,
perfumes amores,
perfumes sagrados.
Perfumam a memória,
bela história!
Aos que não têm flores nas mãos,
comece enviando flores...
Flores logo voltarão.

Olá de longe

Olá!
Vou acenar.
Está me vendo?
A gente vai se entendendo.
Como está aí na sua casa?
Na casa de tijolo, não.
Estou falando o coração...
Como está aí nessa casinha?
Hoje está bem?
Ontem não?
Não faz mal.
É mesmo assim.
Um dia bom, outro ruim...
E está tudo bem assim.
Faz parte
estar lutando também.
Um dia após o outro e tudo bem.
Estamos juntos, só que separados.
Distantes, mas ligados.
Ligados ao céu, a Deus.
Estamos sobrevivendo.
Não, vivendo um dia de cada vez.
Assim como o mestre ensinou e fez
Ter esperança no que Ele diz.

Isso nos deixa feliz.
A cruz está vazia,
o trono não!
Isso é solução!
Chamados em meio ao caos.
Chamados com uma missão.
Amar em todo o tempo.
Orar não é em vão.
Cuidar de mim e do outro.
Dissipar a escuridão.
Enquanto Deus se prepara
para encontrar com a igreja,
a gente já comemora
este dia com certeza!

Vai passar

Um dia isso passa.
Passa deixando vincos,
deixando marcas.
Marcas que deixam registros.
Registro na história,
na memória...
Um dia isso passa.
Sempre passa.
Nunca fica.
Tudo indica.
Um dia isso passa.
Passado que modifica,
intensifica o aprendizado.
O bem fica.
O bom é qualificado.
Um dia isso passa.
Quem fez o mal passa acuado.
Quem fez o bem passa ajudado.
Quem fez ou não
passa a estação,
passa o tempo.
Mas o que não passa
é a vontade de passar bem
com quem a gente ama.
Passar tempo na grama.
Vontade de abraçar devagar...
os filhos, a família.
De conversar sem falar.
Olhar nos olhos e exclamar:
Fique bem, vai passar!

Sou vintage

Sou vintage.
Que maravilha viver!
Quem liga para as piadinhas?
Cheguei até aqui. Isso é vencer!

Enfim, 50 e uns...
A vida mudou, afinal.
Vejo melhor as pessoas,
as paisagens e o fundo do "meu quintal".
Não luto mais lutas bobas.
Sou mais resiliente.
Sei o que sinto e me importo com o que as outras pessoas sentem.
Acostumei-me com o espelho.
Não é mais meu inimigo.
Ele me ajuda a ver o que sem óculos não consigo... rs
Acostumei-me com as piadinhas.
É a vida como ela é.
Sou um clássico, safra especial.
Hoje sou melhor, muito melhor, acredite quem quiser.
Aprendi a sorrir de coisas, de mim mesma, do inesperado
Viver de forma integral.
Experiência é um legado!
Entendo melhor a vida, vejo melhor as crianças,
olho os jovens com outros olhos,
os velhos em suas lembranças.

Enfim, 50 e uns...
Maravilha viajar e ver novas paisagens.
Valorizo muito mais do que valorizava antes
o tempo e suas imagens,
a fruta, a sobremesa; os momentos são especiais.
A gente nunca sabe se poderá fazer de novo
ou não fará nunca mais.

Enfim, 50 e uns...
A vida tem um "jeito" diferente em vários aspectos
de se ver.
É tudo mais intenso, a menor diferença é a vitamina E.
Uns remedinhos às vezes acompanham a jornada.
Afinal, a gente tem que cuidar da "máquina" pra ela
não ficar parada.
Filhos, netos, os pais, a nossa família.
Quando juntos, o desejo é que ficássemos numa ilha.
Queria cuidar mais, queria ter com eles mais tempo
Mas tempo todos perdem, passa rápido como o vento.

Enfim, 50 e uns...
Que maravilha pensar,
já vivi tantas coisas... Muitas nem consigo lembrar.

Enfim, 50 e uns...
Descobri que a gente não envelhece.

Quem diz isso não conhece a vida ainda.
Estou me sentindo inteira.
Melhor fase da vida inteira!
Conheço melhor meus limites.
Conheço melhor os sentidos.
Conheço melhor o amor.
Conheço melhor os sonidos.
Em dupla sou imbatível.
Em grupo sou gritaria.
Só, eu sou pensamentos.
Com Deus sou infantaria.
Enfim, 50 e uns...
Metade da vida, que bom!
Pessoal, pode esperar.
A meta é os 100.
Eu sei que posso chegar.
Boa alimentação, exercícios, trabalho e amizade.
Viver com fé, família e amigos nos livra da insanidade.
Deixei para trás desassossegos,
o que ser quando crescer, profissão e tudo o mais.
Agora já sei o que sou, o que fui ficou pra trás.
A aparência e a saúde talvez um dia incomodem
O médico "pegando" no pé.
Mas a gente dá um sorriso folgado e diz para a
vida:
Pois é!

Enfim, 50 e uns...
Minha geração é forte.
Não tem moleza não.
A gente toca a vida
matando por dia um leão.
Enfim, vintage.
A gente luta e fica firme.
A peteca não pode cair.
Tem gente que ri da peteca.
Eu rio somente por rir.

Enfim, 50 e uns....
Sem crianças para cuidar.
Vou viajar, arriscar mais.
Mas vou logo voltar.
Quem aguenta ficar longe dos filhos e dos pais?
Louças finas, toalhas bordadas, joias e bibelôs.
Agora é para usar tudo.
O melhor da vida chegou!
A vida é uma ocasião especial.
Cada minuto do dia.
Inventar coisas, mudar cardápio.
Rir das coisas de que antes a gente não ria.
Mudar o visual.
Ir ao teatro, ao cinema, novos livros.
Deixar descansar os problemas.

Encontrar novos e velhos amigos.
Juntar e contar novos casos e velhas piadas.
Quem liga se já ouviu?
O importante é garantir as novas gargalhadas.
Livrar-se de coisas inúteis e velhos hábitos também.
Cuidar de outras pessoas, doar coisas a quem não tem.
São proibidos mau humor, cara feia, esquisitice.
Bem-vindos são sempre o sorriso, o abraço e a meiguice.
Solução para problemas nunca foi o mau humor.
A gente morre mais velho quando tem sorriso e amor.

Enfim, 50 e uns...
Como é feliz quem viveu.
Afinal, o dono do tempo que é Deus
decidiu, e esse presente me deu.
A vida daqui para a frente é "PLUS"
Chegar aqui é muito bom!
Vivo com gratidão a minha história.
Agradeço todos os dias o presente de Deus.
Viver é presente, vitória! ;)

Olhar de passarinhos

Há mais folhas ou há mais pássaros?
Depende dos olhos de quem vê.
Tem quem veja mais passarinhos.
Tem quem veja mais folhas
Assim são os olhares e as escolhas.
Ao olhar pro chão, tristeza,
folhas caídas derredor.
Há quem olhe para o céu.
Há esperança e o melhor.
Às vezes vemos só folha.
Alguns verão só os galhos.
Há os que olham os passarinhos
e agradecem a Deus seu trabalho.
O olhar está ligado
com as "coisas" do coração.
Só poderá ser mudado
se houver do sujeito intenção.
Aprendamos com os passarinhos.
Observe a sua missão.
Faça-a bem. Cantar é arte,
aproveitar cada estação.
Olhe bem e agradeça,
ainda que sem folhas,
haverá renovação.

Cautela em suas escolhas,
observe o coração.
Se o olhar for treinado,
melhor será a sua estação.
Agradeça a Deus e espere,
nova estação vai chegar.
Há um tempo e um olhar pra tudo.
Deus está a cuidar!

A cruz

Ao olhar de longe,
tudo está preparado
nas cenas das ruas,
um homem cruelmente foi julgado.
Ouvem-se gritos de ódio,
outros apenas observam.
Uma mãe chora, angustiada,
outros o choro reservam.
Há sons por todos os lados:
o som da sandália que se arrasta,
as pedras lhe prendem aos pés,
feridas se abrem em suas costas,
chibatas de homens cruéis.
A madeira pesada risca o caminho,
lágrimas de sangue se derramam
poeira se levanta, e, sozinho,
ouve os xingamentos e os que clamam.
Ouvem-se gritos, os sons de ais.
Solitário em tanta dor,
suportando aquela angústia,
estava um coração cheio de amor.
Há um lugar preparado.
Homens em uma missão:
fixar com pregos um inocente

em uma crucificação.
Ouve-se o som da batida dos martelos,
de maneira tão brutal,
são fincados pregos em sua carne
uma agonia mortal.
Erguido como espetáculo
para uma plateia hostil,
mudo ali estava ele,
aquele que só amor repartiu.
Alguém ao seu lado pediu:
— O senhor pode me perdoar?
Ele, bondoso, consentiu:
— Perdoado já está.
Em meio a tanta agonia,
ele clamou e morreu.
O dia tornou-se trevas
toda a terra tremeu
Houve temor entre os homens:
— Quem foi esse que morreu?
Tiraram seu corpo da cruz,
pensaram apagar a luz.
Envolveram-no em especiarias e panos
e o colocaram em um sepulcro.
Fecharam com uma pedra.
Para eles, ponto-final.
Mas era só o começo de uma história
mais linda do que o Natal!

A pedra enorme foi retirada,
ninguém mais estava ali.
Anjos estavam presentes,
viram o seu Senhor sair,
Vivo está agora
aquele que veio aqui
apresentar sua história, viver e depois partir.
Nesta terra pôs seus pés
e agora vivo está.
Afinal veio trazer a mensagem
de um Deus fenomenal.
Amor que transcende o nosso
poder além do nosso entendimento.
Está vivo e entre nós,
ouve e vê nosso momento.
O nome dele é tremendo,
é verdade, caminho e luz.
O nome sobre todos os nomes,
o nome dele é JESUS!

Oração

Eu acredito, eu sei,
viva ficarei.
A tua mão está
a comandar o mundo.
Há vida nesta terra,
torna este solo fecundo.
Transforma a água em vinho,
a morte em ressurreição,
ressuscita o que está morto,
transforma a nossa nação.
Muda o destino deste povo,
muda a nossa visão,
vivifica o que está morto,
clareia meu coração.
Que os esquecidos se lembrem,
aos perdidos, salvação,
aos que choram, consolo,
aos que oram, teu perdão.
Dai aos necessitados recursos
vindo das tuas mãos.
Fala, meu Deus, não te cales,
aqui está meu coração.
Fala que te ouço,
fala que te escuto,
fala que te espero,
eis aqui minha oração.

O chato

O chato é um sujeito,
também é adjetivo
Tem sempre um chato perto
no mundo subjetivo.
O chato é quase advérbio,
está nas redes sociais,
apresenta o modo, o tempo,
a prática, o lugar, a intensidade e tudo o mais.
O chato se acha esperto,
sabe de tudo, só que não!
O chato já sai falando
sem que lhe peçam opinião.
O chato tem sufixo:
chateado, chatice.
Acho que a gente acerta
se falar esquisitice?
O chato é do verbo
chatear — aborrecer.
O chato se acha legal,
reclama de tudo e fala mal.
O coletivo de chato é perturbando.
(Estou rindo aqui, estou chorando.)
Para não ficar chato
com os chatos que lerão:

Todo mundo é um pouco chato
na minha humilde opinião.
Todo mundo tem um ser
chateado ou chateando,
a gente ri sem querer
e os chatos vai encontrando.
Para os legais, um desvelo,
descobri onde moram os chatos,
eles moram no espelho. ;)

Sou poetisa

Não minto quando digo em versos
palavras emergem em saltos
sou sujeito sujeita ao coração
borbulho em explosão.
Quem me vê de longe vê
não percebe meus intentos
não conhece minhas lutas
não percebe movimento
meus saltos em emoções
percepções, sentidos,
lágrimas, risos, gemidos
sou inteira e em pedaços
talvez assim me possa ver
mostrar-me em meus retratos
do que me deixo entender.
Sou poetisa, às vezes canto
não por opção ou vaidade
sou sentidos em palavras
conjunto em letras, verdade.
Percebo o mundo, suas cores
pessoas, plantas e os animais.
Grito por dentro em versos,
coloco em palavras meus ais
às vezes sim outras não.

Nunca se sabe, e ao final
versos são ventos frescos
que batem no meu quintal.
Entre vogais, consoantes,
espaços em branco, acentuação,
há um mundo colorido
arrumado ou distorcido
sentimento e emoção.
Penso em rimas quando acordo,
choro em versos e canção,
canto em coros de alegria,
escrevo apenas partes em
profunda gratidão!

Tenho flores

Tenho flores,
nem sempre em minhas mãos,
dentro de mim.
Se há tristeza, não as acho,
vejo somente o capim!
Procuro flores na ansiedade,
quero dá-las a mim.
Procuro-as e não as encontro,
cavoucando o meu jardim.
Procuro flores para dar-me
em dias pouco ensolarados,
olho o jardim que sem flores
está em terreno esburacado.
Onde foram minhas flores?
Onde está o meu jardim?
Quem sabe elas foram consolar
outro alguém além de mim.
Minhas flores têm seu tempo,
como tudo na vida tem.
Tem tempo de ser semente,
tempo de ser jardim.
A flor que embaixo da terra é semente,
folha brota flor contente,
verde esconde,

o colorido virá,

virão cor e perfume,

mas só se a gente esperar.

A flor vem com o tempo,

tem sua própria estação,

nem briga, manha ou preguiça

vai mudar sua missão.

Acorda, minha alma,

desperta e ora ao Senhor,

aquieta, acalma,

logo virá a flor!

Pedro

Pedro, vem cá eu quero te falar.
Pedro, vem e olha, escuta.
Melhora, Pedro!
Pedro, me olha, me conhece.
Pedro, cresce!
Pedro, vai, não te demores,
estende a mão e ora.
Pedro, passa a sombra, a mão,
aquieta o coração.
Deixa a capa, o velho, o medo,
o impulso da paixão.
Deixa, Pedro, deixa eu te conduzir.
Cuida, Pedro, cuida de quem eu te pedir.
Pedro, ouça, vê, aprende, crê.
Sim, sou o Cristo, tu acertaste.
Sou o filho do Deus que te amou.
Eu sabia, Pedro, e no fundo tu também.
Eu fiquei só, sem ninguém.
Tu choraste, Pedro, chorei também!
Pedi, fica e ora, Pedro. Ora mais,
mas tu dormiste junto com os demais.
Não suportou o cansaço, o medo, a pressão.
Pedro, pedra, amigo do coração.
Pedro, tu me amas?

Cuida das ovelhinhas.
Pedro, tu me amas?
Cuida porque são minhas.
Não te entristeças, vou perguntar:
Pedro, tu me amas?
Minha hora está pra chegar.
Pedro, não chores. Eu vou voltar.
Pedro, tu és pedra, minha igreja vai edificar.
Pedro, logo venho.
Pedro, logo volto.
Pedro, ora.
Pedro, ama.
Pedro, cuida.
Pedro, vem!

Meu quintal

Minha oração não tem palavras,
calada pela escalada da vida.
O cansaço suporta o suor e
pesa o esqueleto do hoje.
Sou pensamentos.
Atirada aos meus internos ventos,
sou convidada desejada do espelho.
Ouvir verdades do nariz vermelho.
Esperar... quem quer? Eu não!
Perigoso é andar na contramão do respeito,
ânsia do meu direito, prefiro o aguardo.
Aguardando a nova missão, a redenção.
Aguardo fazer sentido.
Não há queixas no meu gemido.
Aguardo um lugar.
Cansada estou nesse esperar.
A espera cansa, mas, pra quem espera, esperança.
"Descansa", diz uma voz que minha alma identifica, decodifica.
Aguardo ver o divino rosto.
Talvez uma parte ou suas costas talvez.
Aguardo na bondade do Um em Três.
As demais coisas serão acrescentadas, acertadas, consertadas.
Sento aqui na varanda e aguardo.
Espero, mas quero muito esperar com uma boa atitude,
saúde, bondade, alegria e amor que é virtude.
Não quero chorar. Apenas orar.
Meu orar sem palavras, pois não as tenho, afinal,
são apenas sons do meu quintal.

Amizade

Se meu olhar de perto te espanta
Olha mais perto e planta
Planta em mim sementes de amizade
Vivamos uma história e a realidade
Sentidos e emoções envolvidos sem grilhões
Palavras de vai e vem, vai e brota, vai e faz rir de bom
Atrativos do criado, bem e admirado
Considera isso, olha-me, mas olha bem!
Senão, não vale, não frutifica, não faz bem
Se me olhares nos meus desencantos,
meus chovidos prantos,
Conhecerás meus medos e fraquezas,
sentar-te-ás comigo à mesa,
sorrirás e chorarás comigo,
Olhando nos olhos, amigo.
Só me emprestas se me olhas.
Me empresta teu olhar de rir e sentir.
Me empresta um olhar de incerteza,
olhar de alegria ou de tristeza.
E eu te devolvo quando puder
em doses de bem-me-quer
Te devolvo quando puder,
um dia qualquer...
Um qualquer tempo do convívio,
entre o nascer e o pôr do sol.

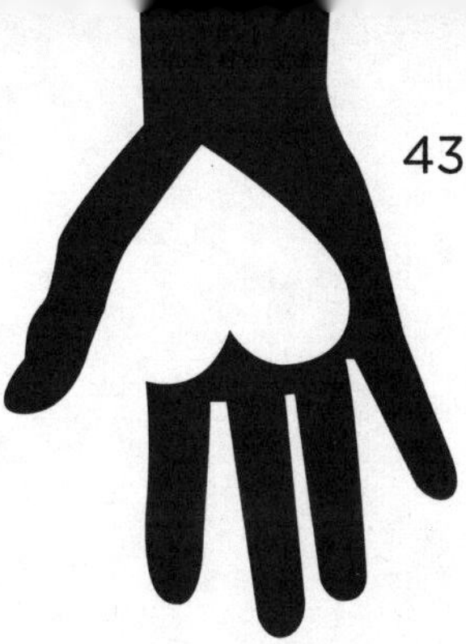

Mas fica e vem!
Há muitas estações.
Mudanças virão, pra que a pressa?
Amizade é boa quando começa,
quando no meio também,
Se tem um olhar de fazer bem.
Amizade é boa no final,
só acaba quando termina,
É assim que a vida ensina.
Fica, me dá tua mão.
Junta eu com tu numa oração.
Fica, amizade,
Porque, se você se for, vira saudade.

É hoje feriado!

Gratidão... lembrei-me da Páscoa.
Lembrei-me do pão
O pão partido
O dia em que todos lhe disseram:
Não!
Não o conheço.
Não ao bom senso
Disseram não à bondade,
ao amor, à simplicidade.
Disseram não a toda bondade.
Disseram sim para o mal,
ao bem corrompido.
Disseram sim ao inimigo
Disseram sim ao ladrão
Sim a Barrabás
Sim a tantos ais
Sim para a cruz
Muitos "nãos" para Jesus
Mas o amor é semente,
morre na terra, nasce presente
Nasce de novo o renovo
O belo, o filho
O Senhor do seu povo
Reconciliação, perdão
Está consumado,
Agora, é hoje feriado!
A cruz agora é lembrança
Jesus é vivo!
O cordeiro, há esperança!

Mãe de meninas

Pedaços de mim
Flores de mim
Feitio d'Ele
Amor sem fim
Ah! Quem dera parar o tempo
Dizer a Ele: Tem tempo!
Parar o cata-vento
Somente parar...
Preciso parar as imagens
Álbuns de figurinhas, colagens
Laços, sorrisos
Olhares, preciso!
Cabelos e meias
Estou em todo tempo em suas teias
Cadernos, histórias
Memórias...
Estou em momentos
Absorta em pensamentos...
Dai-me todos os vídeos
Fotos, tudo que existir
Elas cresceram, nem vi!

O voo começou!
Pedaços de mim
Histórias e memórias em mim
Como explicar a sensação?
Acalmar meu coração...
Desinteressar do fica
Faz sentido?
Me explica!
Lá se vão as bonecas,
As músicas altas, tão sapecas! :)
Lá se vão as bailarinas...
Não são minhas
São agora passarinhas
Ah, meu Deus...
Teus finais e recomeços
Mudanças internas e de endereços
Caminhos que se abrem...
Novos trilhos em um novo trem
Há movimento, estão bem!
Família, projeto que Deus tem
A gente solta porque ama,
Mamãe fazendo drama... ;)
Passando só pra escrever
Me dizer, desabafar
Letras dizem só uma parte
Mente às vezes o coração
Amadurecendo, vivendo nova estação.

Quanto vale?

(sobre o rompimento da barragem em Brumadinho em 2019)

Vale de lama
Quem chama
O choro mineiro marrom
Vale de lodo
Vida afogada
Morte anunciada
Culpa de quem?
Gritos calados
Choros abafados
Sons sem sentido
Silêncio aos oprimidos
A lágrima desce seca
Engolida no vão
Seres não são mais vistos
Grita em desespero a nação
Vale a pena?
Vale ou custa?
Eis as perguntas no ar
Vale a viúva?
Vale o órfão?
Quando isso vai acabar?
Foram-se os filhos
Foram-se os pais
Mineiros em ais
Um minuto de silêncio
Uma hora de oração
Por pessoas, por famílias
Por amor, pela nação.
Novamente,
Silenciosamente
Mineirinho
Brumadinho.

Te vejo

No verde, amarelo, vermelho
Eu me vejo em teu espelho
Na minha vida menina
A folhagem me fascina
De cores, odores e brilhos
Me inspiro...
Respiro e sossego a alma
Tua grandeza me acalma
Olho o teu sorriso no criado
Teu gosto encantado
No colorido dos teus dedos
Imagino teus segredos
Tua beleza em virtude
Tua mão em bondade
Minha vida, tua vontade
Sou percebida em teu mundo
Sou semeada e fecundo
Brilho meus olhos em teu brilho
Brilho do sol, brilho do filho
Sou amante dos teus feitos
Amo os aromas, teus ventos
Amo amar o teu legado
De coração, obrigada!

Descanso

Quando me apresso me canso
Se me canso perco o passo
No compasso do descanso
Eu descanso o meu cansaço
Quando meu olhar se agita
Perco da beleza o olhar
Olhando para a beleza
Não é raro descansar
Meu descanso é como um rio
Rio por estar bem
Bem faço quando sorrio
Na corredeira que vem
O cheiro do bicho e do mato
Rabisco na minha mente
Reserva para uns dias, quem sabe?
Desde já fico contente!

Ler é ouvir

Ler é ouvir
Ouvir o resultado do pensar do outro
Pensar o conteúdo do lido de alguém
Alguém que leu e depois do lido,
Percebeu o que antes era despercebido
O autor na lida da vida experienciou
Transbordou em palavras, frases e tons do falar bem.
Falar do quê e não de quem
Parte positiva de quem lê.
No lido, mudado é o olhar de quem vê.
Vê com riqueza de detalhes parte que antes nem via
Quem não lê, não fala bem, que ironia!
Entre uma capa e outra
Um mundo, uma visão
Entre um autor e um leitor
Uma vida e uma paixão.
Quem lê
Quem lida
Que lindo!
Compartilhando a vida...
Ah! O cheiro do livro, novo ou antigo
perfume desejado. Não é mesmo, meu amigo?!

E viu beleza em mim...

Na folha em branco um pinguinho de tinta
Olho o pinguinho e esqueço-me da beleza da folha,
da beleza do todo, da beleza do branco.
Olho só o pingo...
Ah! Se meu olhar teimoso e resignado
fosse hoje treinado,
ele olharia o todo.
O todo que foi criado,
o todo foi planejado.
Não tem molde ou padrão
Apenas o bom gosto do Criador na criação.
O desenho de toda a existência
Traz a realidade, essência...
Beleza está no existir
Ah! Se cada olhar pudesse ver
Se cada olhar pudesse crer
Se cada olhar sorrisse ao ver o que vê...
Olharia para dentro de si com bondade,
olharia para fora sem vaidade.
Um olhar sem ranço, sem maldade
Um olhar curado, enfim!
Oh, Deus, graças te dou pelo jardim!

Dia do pai é saudade

Já li e ouvi sobre a saudade
uma e outra vez.
Mas sobre a minha saudade
nunca ninguém o fez.

A minha saudade é só minha.
E com ela tantos ais...
A saudade que mais dói
é a saudade de meu pai!

Essa saudade dói no peito
feito ferida na alma.
O choro chega e em
um momento
me alivia e acalma.
A saudade é professora
Duro o que ela ensina:
aproveite o tempo presente,
porque o tempo aqui termina.
Na minha breve existência
aprendo que tudo tem fim.
Tem um fim pra cada tempo,
Deus planejou assim.

Não adie um bom abraço,
o bem dito, o bem fazer,
pois a saudade nunca avisa
quando vai aparecer.

Ah, saudade... em você
existe algo muito errado...
Você ensina atrasado.

Conversa de criança

Pai do céu
Coloquei o meu pijama
Tô deitadinha na cama

Pai do céu, pode falar
Meu coração quer conversar

Pai do céu, me explica:
Por que gente pequena espera e gente grande complica?

Por que tem a pata do pato e a pata do bicho?
Podia só dizer que tem pé
É pé de bicho e pronto, não é?!

Pai do céu
É bonita a tua casa?
Dizem que só batendo as botas dá pra gente te ver.
Tem jeito de te visitar sem as minhas botinhas bater?

Por que só passarinho tem
E gente não tem asa?
Se asas você me desse
Eu ia aí na sua casa.

Pai do céu
Por que tenho que dormir cedo?
É na noite que mora o medo?

Pai do céu
Eu queria saber ler em todas as línguas
Igual você sabe fazer
Eu queria conhecer o seu jardim
Ver como você faz chover

Pai do céu
Fiz um presente para você
Fiz de massinha, mas não pode comer!

Pai do céu
Você é um bom inventor
Gostei da mamãe, do papai, do professor, do irmão
eu gosto também, mas precisa inventar mais direito,
ele chora muito, acho que tá com defeito.

Pai do céu, deixa a lua acesa pra gente ver
Põe as nuvens só em volta
Se você for fazer chover.
Pai do céu
Gosto de falar com você
Eu sei que você me ouve e me vê
Mesmo eu não vendo você

Pai do céu
Obrigada por existir!
Amo você!
Até amanhã, vou dormir!

Dias difíceis

Dias difíceis são longos
Dias difíceis são pesados,
os dias difíceis não são comparados,
aos dias, em que, pela bondade de nosso Deus,
somos contemplados.
Somos contemplados a cada dia pela face do Senhor.
Seus olhos se inclinam e veem o nosso choro e clamor.
Ele tem sempre o melhor, no tempo, na mente e no coração,
Deus trabalha todo o tempo, chamando a nossa atenção.
O tempo de Deus é perfeito, esperemos, pois, Seu calendário.
Deus não tem pressa e não tem atraso, em Seu preciso horário.
Deixemos em descanso, a nossa lágrima cair,
porque em sua morada o Deus Santo não demorará a agir.
Deus nos dá tantos dias, que vale a pena lembrar
A esperança que há apenas em Seu Maravilhoso olhar.
Deus nos olha com doçura, Seu amor é inexplicável!
Esperemos, pois, em Deus, O Bom, o Santo, o Admirável!

Esperançando

Hoje, esperancei!
Acordei e decidi que é preciso
Lembrar do que eu já sei,
Praticar o que dispensei.
Eu achava que sabia
Hoje, eu sei que deveria.
Tempo desperdiçado
Quem o tem?
Não volta. O tempo ninguém retém!
A regra é igual para toda a humanidade
Vida é agora, não tem idade.
Deixar para depois, só se for tristeza
Mas se a gente tiver clareza... nem depois.
Cuidar dos pensamentos
Não os deixar nas asas do vento.
Nenhum deles é inocente,
Todos têm resultados na vida da gente.
Ter hábitos que não quero mais,
Só mudar... voltar, jamais!
Não dá! Acredite, eu já tentei!
Mudança é hoje, agora, e amanhã dizer: "Mudei!"
"Perdão" e "Eu te amo", melhor dizer agora
Perder tempo? Só dói mais quando demora.
Se há demora, já foi!

O que é bom agora depois é lembrança.
Melhor a gente ser criança,
Olhar a vida de bem,
Não ter raiva ninguém.
Simplicidade e alegria,
Sementes para um bom dia.
Ter paz olhando para o meu eu refletido.
O interno é importante,
O externo é divertido!
Pra que ter angústia na alma,
Quando uma oração traz a calma?
Viver um dia de cada vez
Passos alegres valem por três
Olhar com calma a natureza, a criação.
Um olhar de fotógrafo, de artista, de irmão.
Um olhar em outro olhar,
Tem tempo, tem inspiração.
Pega no braço, abraço, aperto de mão.
Abandono só do desacreditar.
Se não acredita não é fé nem amar.
Hoje, esperança!
Vivendo e gostando de viver!

Retrato

Moço, me desenha?
Faz um desenho de mim
Faz um desenho lindo
Vou ficar sorrindo assim :D

Moço, me faz um favor?
Tira o brilho da pele,
Hoje fez muito calor!

Moço, mais um favor,
Tira uns "defeitinhos" e
as marcas que o tempo deixou

Moço... tira as ruguinhas e o bigodinho chinês,
Aumenta os olhos, tira as olheiras,
Dá um toque aveludado na minha tez.

Moço, só mais um favor
Olha bem para os meus olhos
Coloca mais brilho na cor.

Depois de alguns minutos
O desenho ficou pronto.
O artista fez o combinado,
Mas o quadro pronto estava errado.

No desenho não era eu
Nada de mim via lá
Era somente um "alguém" desenhado em meu lugar

A criadora e a criatura
Eu fora de mim naquela estranha figura.

Depois do susto, uma sábia decisão
Deixar com quem sabe da arte, bom gosto
de profissão.

Moço, um retrato, por favor!
Um retrato de mim mesma, sem tirar nem pôr.
Com detalhes, para registrar o bom gosto do
Pai do céu, meu Criador!

Por quê?

Deixei não sei onde...
Revidar? Não sei o quê...
Ficou para lá, tão longe...
De cá nem dá pra se ver.
Achei que era um problema,
ao olhar este poema,
chamei-o: Perdão,
Não sei por quê!

Nós dois

Fiquei pensando em nós dois
cada um na nossa
sentados na janela da vida
pisando na calçada e na rua
subindo serras, olhando a lua

Fiquei pensando em nós dois
saídos do caos, mirando o cosmos
girando no passo da terra
gritando paz e não à guerra

Fiquei pensando em nós dois
Tão tribais, tão cheiro e sentido
tantos medos em nós achados e perdidos...

Somos um meio em um todo
Somos curados e feridos
Somos bandidos, mocinhos
Somos feras, somos assim
Feras nas ruas, feras nuas.

Somos a um passo do não ser
Somos feitos um do outro
Somos feitos por um SER

Cara de um, amor de outro
Saídos pela saída mais curta e certa
Deixamos a porta aberta
Saímos e desde então não voltamos
Já que saímos e mudamos.

Mudamos de rota tantas vezes
mudamos para chegar
chegar mais perto e mais longe
Chegando de volta ao lar

O ninho entretanto, continua no mesmo lugar
Lá há calor e aconchego pra quem quiser se hospedar

Somos nós dois desde o início
Depois mais dois e afinal
O ninho tem muito espaço e sol lá no nosso quintal.

Temos vida em nossas veias
tempo corre e nós também
vivemos e morremos para o bom e o nem

Só tem sabor o provado
Provei e gostei!

Mulher

Mulher, moça, menina
Uma doce e perfumada presença
Quando sorri encanta
Quando se cala, sentença.
Existe algo do Criador
Que explode em seu olhar
O olhar de uma mãe
O olhar para o seu par
Que diferença absurda
Existem em suas emoções
Algumas libertadoras
Outras transformam em grilhões
Liberdade para amar, cuidar e ser amparo
Prisão na busca da perfeição, isso não é raro!
Mulher, menina, filha, mãe
Que delicadeza são os traços
Sensibilidade à flor da pele
Deixando corações em pedaços
Meses de gestação, menopausa, semana da tensão
Somos sempre melhoradas, depende da estação
Precisamos de carinho, atenção e elogio
O retorno é um sorriso e um relacionamento sadio
Prontas pra oração, ajudar a quem precisa
Entre amar e só cuidar, a mulher fica indecisa
Não existe uma casa gostosa
Sem um toque feminino
Da cozinha o bom temperinho
Também é forma de carinho
Benditos os que as têm por perto
Não passarão frio, terão cuidado e amor
Quem tem esposa, irmã e mãe
Recebeu um presentão do Criador.

Ela vai se casar

O dia está chegando
Há um misto no jardim
Alegria por você
E eu? Sentindo pena de mim
Pena sim,
Vou ficar mais tempo longe
De você e de seu jeito feliz
Talvez eu só sorria menos
Mas eu prometo, nesta nova etapa,
Serei boa aprendiz
Não é drama, nem tristeza
É só agora, eu prometo
Nós dois, o papai e eu
Ainda formamos um excelente dueto
Nós dois ficaremos bem
Cultivamos nossa união
Agora uma nova fase vem
Programamos um vidão
A gente vai se curtir
Vamos talvez viajar
Mas voltaremos rapidinho
Assim que a saudade apertar
Brincadeira, estaremos aqui
Ficaremos por vocês

Ficaremos juntos sempre, juntos todos nós seis.
Na verdade, oraremos
De joelhos por vocês
Agora dois
Um só depois
Quem sabe depois serão três
Quatro, cinco, seis...
Estou brincando, porque o momento já chegou
Há um véu em sua cabeça
Nossa, como o tempo passou!
Vejo você ainda pequena
Uma menina para mim
Mas já está crescidinha
É muito bom te olhar assim
Um amor para toda a vida
Uma vida na vida de alguém
Minha oração, minha filha
Fiquem firmes! Fiquem bem!
Olho para você e com certeza
Você será do seu lar rainha
Sabedoria, amor e beleza.
Mas cá entre nós
Para a gente aqui em casa, é só princesa
Trocamos suas fraldas
Sonhamos em te ver
Formada, crescida e talvez casada
Agora, filha, olha você!

Tão linda, radiante!
Todos amam te ver
Bendita de Deus, querida
Bendita entre os homens é você
Deus te abençoe meu amor
Que venham bênçãos sem medida
Fixe seu olhar no Senhor
O Senhor da nossa vida
A gente quer vocês sorrindo
Chorando só se for de emoção
Flores, presentes e frutos vindos dessa linda união.
Que seus dias sejam lindos
Iluminados, cheios de cor,
Que seu lar seja um ninho, para receber com amor.
Seguem umas palavrinhas que poderão até te ajudar
Nunca durmam brigados, e de mal, não deixem o dia acabar.
Diga sempre eu te amo e palavras de encorajamento
Diga perdão, me desculpe, não deixe a mágoa no tempo.
Diga sempre a verdade, não fale de problemas na cama.
Conte os sonhos, os projetos e quanto você o ama!
Quanto às finanças,
Doe um pouco, guarde um pouco e gaste pouco.
Porque quem gasta mais do que ganha
ou está pobre ou está louco!
Divida o tempo no que é essencial, o urgente toma o tempo de quem administra o tempo mal.

Não economize sorrisos nem um beijinho no final
Acorde com entusiasmo e apague o mau humor
Termine o dia dando graças, em oração ao Senhor.
Deixe a casa perfumada, afinal, é seu jardim particular.
Perfume com temperinho a comida,
porque é um outro jeitinho de amar.
Cuide do seu amor como se fosse uma plantinha
Regue todos os dias pra evitar ervas daninhas
Que o amor de vocês seja eterno e terno
Que o amor de vocês transborde e molhe
Que o amor de vocês ilumine por onde passar
Seguros fixem o olhar de vocês no céu,
esse com certeza é o melhor lugar!
As palavras são bem pobres
Para te dizer tudo e mais
Amamos você para a vida inteira
Assim esperando, torcendo e orando.
Assinado: seus pais!

Sou por causa de quem Ele é

Ele é meu pastor, eu sou sua ovelha
Ele é mestre, eu sou discípula
Ele é sacrifício, eu sou livre
Ele é rei, eu sou herdeira
Ele é Pai, eu sou filha
Ele é luz, não ando em trevas
Ele é o caminho, não me perco
Ele é a verdade, não me engano
Ele é a salvação, sou salva
Ele é o príncipe da paz, não temo a guerra
Ele é socorro bem presente, não estou só
Ele é consolo, sou consolada
Ele é abrigo, sou protegida
Ele é Criador, sou obra de suas mãos
Ele restaura, sou curada
Ele perdoa, sou redimida
Ele é rocha , estou firme
Ele é fiel, eu confio
Ele é amor, sou amada
Ele é humilde, eu aprendiz
Ele é justo, eu aguardo
Ele fala, eu obedeço
Ele luta, eu venço
Ele morre, eu vivo
Ele ressuscita, eu morro
Ele convida!

Não custa nada!

Brincar com as palavras não custa nada!
Não custa nada
Responder mensagem e mandar florzinha
Dar um sorriso com carinha
Manter contato visual
Mandar um "Alô, pessoal!"
Tirar os olhos da telinha iluminada
E ir brincar com a criançada
Dançar e fingir ser bailarina
Brincar na chuva e se molhar
Colorir com as cores que a gente tem
Não custa nada tentar!
Conversar das coisas boas da vida
Rir à toa com a família reunida
Elogiar o amigo sem pressa
Não focar só no que interessa
Aproveitar o caminho, a jornada
Não gastar tempo sem fazer nada
Juntar panela, dividir alegria
Final de semana é todo dia!
Mandar mensagem falada
Orar sem pedir nada
Molhar a plantinha com carinho
Observar a festa dos passarinhos

Dar água fresca pro animal
Recolher as folhas do quintal
Deixar a florzinha na planta
Deixar a grama vivinha
Recolher o papel da rua
Limpar a calçada vizinha.
Beijinho no rosto de quem cuida de mim
Rir da comida ruim
Deixar para lá a reclamação
Nada de mau humor e irritação.
Rir do modelito no espelho
Divertir-se com a turma de nariz vermelho
Uma oração, duas ou mais
Pedindo a bênção aos nossos pais
Olhar através janela mais de uma vez
Agradecendo tudo o que Deus fez
Ir para a varanda e sorrir
Mesmo que ninguém veja
E agradecer pela família, pelos amigos e pela igreja.
Não custa nada tentar!

Tempo de Deus

— Jesus, venha depressa!
Receberam a informação
Marta e Maria, apavoradas.
— Está morrendo o nosso irmão!

Corra, Jesus
Venha agir em meu socorro!
Preciso da sua presença
Do contrário, eu morro.

Onde está o mestre?
Já pedi a sua ajuda
Onde está o mestre?
A situação ruim não muda...
Onde está o meu amigo?
Por que demora a chegar?
A angústia me toma a alma
Temo não mais suportar!

Onde está o mestre?
Talvez não tenha ouvido a minha voz
Estou chorando e vagando
A dor que me invade é atroz!

Onde está o pastor amado?
Há tristeza, vou sucumbir
Onde está o meu consolo?
Venha Senhor agir!

Mas a hora e o dia passam...
O grito me foi em vão?
O horário do meu tempo
Levou embora o irmão.

Por que passamos por isso?
Jesus não se importou?
Atrasou em seu compromisso?
A dor em mim se instalou.

Por que o silêncio, Jesus?
Por que não vem em minha hora?
Por quê? Não entendo o momento
Por que não responde?
Por que demora?

Jesus vem e visita
Chegou e se entristeceu
Porque, afinal de contas,
O seu amigo morreu
O amigo Jesus chega e chora
Há alguém que o conforte?

Fala ao amigo e ora
Muda tudo, vence a morte!

— Lázaro, vem para fora!
Seja ressuscitado
Não mais morte, mas há vida
Há Deus na terra, Jesus é apresentado

Onde Jesus está tudo muda
A tristeza, a dor, a doença, o pior
Jesus ora e clama ao Pai
Mudando tudo ao redor

Por que então a demora?
Jesus sabia da dor
Para tudo há tempo na terra
Tempo para a glória do Senhor
Deus nunca chega atrasado
A história faz lembrar
Deus tem pressa em seu próprio tempo
Nunca tarda em nos amar.

Fique, pois, firme na espera
Mesmo em tempo de dor
Deus é nossa providência
Alívio em dias sem cor

Mesmo que me pareça
Que ele não ouve e não vê
Deus tem poder nesta terra
Bendito quem nele crê

Esperar, pois, no tempo dele
O seu dia e seu horário
Bendito seja o Senhor
Abençoado quem espera em seu divino trabalho

Deus responde e eu não o ouço?
Porque estou em aflição.
O Santo Espírito me ensina
Deus ouviu minha oração.

Quando as palavras não têm som
Quando a lágrima escorre e a dor insiste,
Há um Deus que olha e cuida
A gente aqui, em pé, resiste.

Resistir no dia mal
À má notícia e ao desdém
Na força da rocha eterna
O Jesus vem e sustém.

Aprendendo com Marta e Maria
E outros irmãos também

Deus tem seu tempo exato
Na hora H do céu, ele vem

Vem e socorre seu povo
Vem com esperança e provisão
Bendito o povo que confia
E fica firme na oração

O Senhor tem tempo para agir
A dor, a doença e o problema são sanados.
Bendito o Senhor, que age em seu próprio tempo,
O Pai é glorificado!

Obs.: Evangelho de João, cap. 11; Salmo 46.

É o fim da picada

Picados pela maldade, já vi isso acontecer!

Amigo que era amigo, hoje, nem se preocupa em te ver.

Passa por você e nem te cumprimenta na rua.

Pela maldade foi picado, uma verdade crua!

No que depender de você, ore e peça perdão,

mas, se ele não quiser, conserto, amigo não era não!

Para acabar com picadas é sempre bom se proteger,

Nunca deixe pessoas "picarem" o mal quando estão perto de você!

Pra casos de emergência, tenha um santo inseticida à mão,

para evitar as picadas, seja educado, use o amor e o perdão.

Amigo, quem tem?

Amigo
Quem tem?
Dá para contar nos dedos
um que guarda segredo... rs

Amigo
Quem tem?
Sonha junto
fica junto, quando não tem mais ninguém!

Amigo
Quem tem?
Tem palavra na hora certa,
mas tem silencio também!

Amigo
Quem tem?
Liga para perguntar quase nada
só para dizer: Tudo bem?

Amigo
Quem tem?
Lembra aquele dia? Aquela música...
as lembranças vão e vêm.

Amigo
Quem tem?
Levanta-se cedo ou acorda tarde
mas em oração te sustém.

Amigo
Quem tem?
A distância e o tempo não importam,
a amizade se mantém.

Amigo,
Quem tem?
Torce, vibra, comemora
fica triste, chora junto também.

Amigo
Quem tem?
Tem orgulho, faz a festa,
sonha e sorri como ninguém!

Amigo
Quem tem?
Nos dias nublados sem cor
leva e traz, esbanja amor!

Amigo
Quem tem?
Ri do chulé, do rasgado
do passo desajeitado.

Amigo
Quem tem?
Faz palhaçada, diz coisas sem sentido
força a barra geral por um sorriso espremido

Amigo
Quem tem?
Tem roupa emprestada para a festa
suporte em dia de dor
amigo recebe flor.

Amigo
Quem tem?
Divide pipoca, paçoca
divide até pão de mel!
Amigo... presente do céu!

Amigo
Quem tem?
Tem hora, tem tempo
e tem um olhar como ninguém!
Um amigo assim, quem tem?

Amigo,
Quem tem?
Cozinha na hora do aperto
faz docinho e cafuné
Amigo assim, quem não quer?

Amigo
Quem tem?
Defende dos males da maldade
mesmo doendo, fala a verdade.

Amigo
Quem tem?
Rir de passar mal, mal de comer sal
amigo de janeiro a janeiro, até no dia do Natal!

Amigo
Quem tem?
Tem pisada, tem pegada
tem furada, tem desdém
tem dias de mal, e muitos dias de bem!

Amigo
Quem tem?
Tem tempo bom e ruim
tem cara de mau e de bem.

Amigo
Quem tem?
tem barca furada, embarque de trem
tem carro que quebra na estrada
a gente ri e tudo bem!

Amigo
Quem tem?
Já afogou na piscina, correu para não levar pisão
tomou sorvete de dois, deixou para pagar depois.

Amigo
Quem tem?
Viaja junto, tem muitas histórias pra contar
olhando no calendário a gente esqueceu de marcar

Amigo
Quem tem?
Chorou dentro do cinema, riu tanto de passar mal
guerra de pipoca no escuro e M&M de arsenal.

Amigo
Quem tem?
Jogos que fazem pergunta a gente acerta e dá
risada.
pessoas olham a crise do riso e não conseguem
entender nada.
A crise do riso a dois, a gente só explica depois.

Amigo
Quem tem?
Deus permita que os tenha
mesmo na minha velhice
quero ouvir sua voz rouquinha dizendo:

Eu não te disse!

Amigos

Quem tem?

Sabe as preferências, o gosto

sabe o que faz entristecer o coração e o rosto

Conhece o olhar quando fica enevoado

Conhece e vive a relação do perdoar e do perdoado.

A beleza
do amigo
está em ser.

O Brasil tá dodói

Quando uma criança pergunta, é melhor a gente parar.
Parar e ouvir é importante, nos ajudará a pensar.
Encontro uma garotinha, e então vem a pergunta:
— Tia, o que é um país?
Meu coração acelera e penso:
— Cuidado com o que você diz!
Expliquei que país, é um território onde mora muita gente, onde comidas, jeito de falar e roupas podem ser diferentes.
Em um país, há pessoas com muitas histórias e maneiras de viver, pessoas trabalham, estudam e juntas fazem o país crescer.
A insistente menina, continua a me questionar, havia muitas dúvidas sobre o que acontece no Brasil aqui e acolá.
Falamos então sobre o governo, a saúde e a educação,
transporte e outras coisas que precisam de atenção.
Ao final da nossa conversa, me parecia natural,
ouço uma frase, me fez sorrir, o resultado? Nada mal!
— Tia, tudo isso, está muito complicado!
Vou falar com o Papai do céu, porque o Brasil,
tá dodói, coitado!

Cadê o sonho da menina?

Uma noite sem dormir,
Uma noite para pensar,
O sonho da menina acabou,
Impedida de sonhar.
Antes uma garota, agora resta o pavor.
Uma menina viveu o seu dia de horror.
Horror quem faz são os homens,
os homens sem coração
Homens sem amor não são homens,
são seres vestidos de humanos, mas ainda assim,
monstros são.

Não os comparo com animais, porque os bichos não fazem lixo,
São doentes emocionais, longe de Deus, viram isso!
O abuso e a maldade, monstros em sua pior atuação,
Porque gente de verdade, respeita o próximo como irmão.
Cadê o sonho da menina?
Roubaram por brincadeira.
Cadê o sonho da menina?
Roubaram para a vida inteira.
Cadê o sonho da menina?
Abusaram do seu futuro.
Cadê o sonho da menina?
Agora um pesadelo escuro.
Cadê o sonho da menina?
Usaram por diversão.
Cadê o sonho da menina?
Abandonada em dor, largada ao chão.
Cadê o sonho da menina?
Onde o seu sonho está?
Vivemos na Babilônia?
Babilônia! Babilônia! Gritos ecoam no ar.
Que horror, quanta injustiça!
Quando isso vai parar?
Babilônia, Babilônia!
Quem perdeu o sono por causa dessa vergonha?
A boneca na prateleira,
O espelho sem expressão,

O cabelo sem cuidado.
A vida sem uma razão.
Cadê o brilho do olhar da menina?
Onde está? Ficou lá atrás.
Cadê o brilho do olhar da menina?
Onde está? Alguém já levou, não tem mais!
Cadê o brilho do olhar da menina
Onde está? A dor do abuso ofuscou.

As fotos junto às amigas eram momentos de risos e cor.
Trocadas pelos jornais, manchetes relembram o horror.
Quem perdeu noite de sono?
Quem se curvou em oração?
Quem se mobilizou nesta terra,
Para pedir a Deus perdão?
Perdão por tanta injustiça,
Perdão por tanta opressão,
Perdão por não vermos pessoas
O motivo de nossa oração.
Quem se importou de verdade?
Quem tem poder para falar?
Quem tem autoridade?
Quem quer se mobilizar?
Será que somos culpados,
Parados sem atenção?
Sem agir com voz ao aflito?
Não agir é omissão!

Que volte o sonho da menina.
Que volte o brilho no olhar
Que vozes se juntem em um coro
Com palavras, ações, abençoar.
Que volte o sonho da menina
Que volte o brilho no olhar.

Eva

Eva, mulher inconsequente!
Desobedeceu a Deus e ouviu o conselho da serpente.
Antes de desobedecer e procurar o fruto proibido,
Eva, imagino eu, já namorava a rebeldia e o escondido.
Em seu coração com certeza, já deixara de amar,
o Deus de amor e beleza que a acabara de criar.
Eva amou a si mesma e amou os desejos seus,
olhou só para si, perdendo de olhar e amar a Deus.
Procurou no jardim do Éden,
além daquilo que possuía,
Deus já lhe dera o essencial, mas ir
além e muito mais ela queria.
Desejou ser igual a Deus, desejou poder e vaidade,
Eva cobiçou e agiu porque ouviu a voz
da serpente, a voz da maldade.

Eva não poderia deixar de amar,
porque para isso foi criada,
mas desviou o seu amor do criador
para amar mais a coisa desejada.
Eva rejeitou o amor de Deus e seu cuidado,
olhando para fora do jardim,
deixou de amar o Amado.
Que triste retrato este, rejeitando amor tão puro,
Eva criou em seu coração um amor
corrompido, seco e um alto muro.
Separada em seu coração do seu Deus e Criador,
buscou agradar a si mesma pervertida em seu amor.
Curvando-se para si, isso é o que
eu chamo de pecado,
Eva distorceu o amor e a beleza, perdeu-se
sem reverência, temor a Deus e cuidado.
Antes mesmo do ato, de comer do fruto proibido,
O coração de Eva distante estava
e seu amor corrompido.
O amor dela mudara, seu desejo e sua visão,
Eva trocou o caminho certo, a
vida e luz, pela escuridão.
O seu coração tão distante de Deus se secou,
não amava mais a Deus sobre todas as
coisas, o Deus tão bom que a criou.
Que insanidade rejeitar um amor
assim tão excelente!

Tristeza é ver que o pecado e rejeição de Eva
a Deus, têm consequência na vida da gente!
Preferir a minha vontade, vaidade e perversão,
me faz parecida com um anjo que
vive nas sombras, escuridão.
Me pareço bem com Eva, quando quero
mais e além, não sou grato com o que
tenho, querendo o do outro também.
Me pareço bem com Eva quando
quero tudo do meu jeito.
Se não obedeço a Deus, o caminho
é torto, imperfeito.
Como não amar a esse Deus,
deixar esse amor de lado?
Ele nos deu sua própria vida para
sermos reconciliados.
Por causa de seu amor, tenho
vida e com Deus conexão,
tenho relacionamento com o Criador
e por Ele uma missão.
Não preciso me esconder, com
folhas, muros, personagem,
pois Deus me ama, me escolhe e
me fez por sua imagem.
Quero que meu amor, não seja
distorcido, nem seja mal orientado,
pois sou criada para amar a Deus
e por Ele ser amado.

Rejeitar o amor de Deus, seus planos e **seu convite,**
é uma atitude insana, ingratidão sem **limites**!
Que meu olhar, minha vontade
e que todo o meu amor,
sejam sempre fixados no meu Senhor e **Salvador.**

Quero me parecer com aquele que me deu vida e amor, amá-lo sobre todas as coisas e amar aos outros através do Seu amor.

O menino do farol

O farol fecha, preciso parar e de longe,
percebo alguém se aproxima, um olhar diz: Me dá?

Um misto de movimentos
chamam a minha atenção,
o farol, as moedas, o chão, o motoqueiro e a mão.

Não sei se sinto medo, incômodo ou compaixão.
Entretanto a realidade diante de mim
está — os olhinhos e uma mão.

A vida escoa entre o asfalto,
as luzes dos carros, o chão.
Para o tempo e num instante fixei-
me: aquele olho... aquela mão...
Um mundo tão difícil,
onde há tanto medo e o julgar.
A gente vai perdendo o jeito e a vontade de amar.

Sentada no meu conforto, pensando,
olhando aquela mão,
pego as moedas e num instante
faço a Deus uma oração.
— Uma moeda, moça? Você pode me ajudar?
Ergo a mão com moedas e vejo
um par de olhinhos brilhar!
Abro os vidros receosa,
mas as mãozinhas se apressam,
o olho olha as minhas mãos, urgência!
As moedas lhe interessam!

Ouço o tilintar das moedas na palma da sua mão,
talvez um dia a mais de esperança, talvez não!

Um par de olhinhos brilhantes
pelo som de um tilintar.
Peço a Deus que esses olhinhos
tenham um dia, um teto, um lar.
Parecendo uma cidade sem alma,
sem governo, sem coração,
talvez as minhas moedas deem a ele
mais um dia do seu pão.

Poderia ser tudo tão diferente!
O que falta para cuidarmos
de toda essa nossa gente?

O farol abre e acelero, olho no retrovisor,
vou deixando para trás gente precisando de amor.

A mentira

Mentira tem perna curta e nariz
grande, isso é o que o povo diz.
A verdade é que mentira destrói
pessoas, é uma ação infeliz.
Tem mentira no governo, na tevê,
no jornal e nas redes sociais,
Tem mentira no Brasil todo,
parece não acabar mais...
O mentiroso usa a mentira,
uma ferramenta infeliz.
O pai da mentira é o diabo
e o povo usa o que ele diz,
ficando devedor da ferramenta
que tomou emprestado.
Talvez seja essa a razão de esse país
estar assim: corrompido e atrasado.

Bendita!

Bendita a água da chuva na boca,
bendita água na boca do bom!
Bendita a gota que faz sobejar,
que cai no oceano e faz maior o mar!
Bendito o mar, a água da lagoa!
Bendita a cachoeira e a gota que pinga da torneira!
Bendita a água que abriga a vida
e esconde o rosto pequenino,
preserva o corpo e abre caminho
para uma nova vida em algum novo ninho.
Bendita água que escorre dos olhos aliviando a
tensão, escorre, molha o rosto, o lenço, o chão.
Bendita a água no lava-pés!
Benditas a água, a bacia e a tolha, resolvendo
o conflito, amor aprendido, que bonito!
Bendito o rio, bendita a nascente!
Bendito Criador, que dá água viva para toda a gente!

DNA

Ao fazer uma oração as palavras me faltaram,
abri até um dicionário.
Descobri não haver palavras para explicar,
é um problema literário.

Eu não consigo expressar
o que está aqui no meu peito.
Preciso de um perito para entender isso direito.

Queria dar um abraço
maior do que os meus braços podem dar.
Queria fazê-los sorrir, poder fazê-los
em todo tempo celebrar!

Queria dizer tantas coisas...
Palavras doces, alegres, cheias de vida e unção.
Palavras que demonstrassem carinho,
entusiasmo e minha gratidão.

Queria poder dar-lhes tantos presentes!
Presentes, caros e especiais!
Queria poder comprar
os mais supérfluos e os essenciais.

Queria poder dizer tantas coisas
que estão no meu coração.
Rendida na minha impotência,
ajoelho-me em oração.

Precisada de ajuda, peço ao Santo Espírito
que faça a tradução.
Pai, abençoa esses queridos, sua vida e coração.

Tudo que fizerem prospere,
que, ao se ajuntar, transbordem,
Que, ao chorar, suportem,
que, ao Te ouvir, se amoldem!

Que seus dias sejam doces, suas famílias sementes,
Que suas estações sejam frutíferas,
para alimentar toda essa gente!

Tudo isso, muito mais e muito além!
Te peço, faz isso, Pai do céu,
em nome de Jesus, amém!
Vou terminando por aqui,
escreverei umas coisinhas a mais:
Vocês, queridos irmãos da IEC-USP,
são muito especiais!

Quando estamos com vocês,
tudo junto e misturado,
a gente se sente importante, feliz,
e sempre muito amado!

Que vocação e inspiração!
São mesmo povo bendito, gente amada de oração.

Depois conversando com o Criador
perguntei se é mesmo assim.
É normal querer esses meus irmãos
sempre tão perto de mim?

A resposta de
Deus é sempre
de tirar o chapéu!
São seus irmãos
verdadeiros pelo
DNA do céu.

A vida sem respeito não é vida, é rejeito!

(sobre o rompimento da barragem em Mariana, MG, em 2015)

O Brasil de cores e seu povo cheio de dores.
A cor da bandeira do choro mineiro é marrom.
A dor da morte é vivida, cheirada e sentida.
A vida foi mergulhada na morte marrom.

A água ficou sem ar,
sem razão de ser bebida, molhada,
tocada, sentida.

O ar ficou tristonho
O rosto ficou sem cor
E a cor da dor: marrom.

Sentiu o mar
Sentiu o rio
Sentiu o ribeirinho
O pescador sem pão, sem rio, sem ninho.
Marrom ficou o brilho do olhar do pescador
Marrom ficou a vida do ribeirinho... que dor!
Marrom ficou a vida mineira
Extasiada pela tragédia, ficou a pátria inteira.

O rio sem água para viver
Há água, para não beber
O peixe sem água, sem vida,
Ninguém, mais nada, nada!

O mundo viu isso, tragédia anunciada.
Comum desrespeito por aqui,
oh, minha pátria amada!

Em silêncio de morte responde a natureza:
Poder sem responsabilidade gera morte,
secura, desolação, vergonha e tristeza.

A vida sem respeito não é vida, é rejeito!

Hoje choveu!

Choveu esperança
choveram sementes
choveram palavras.
Quando chove a gente renasce,
se molha, molha a planta e limpa o ar.

Hoje, choveu misericórdia!
Choveu perdão,
choveram gotas de brilho e de boa intenção.
Quando chove assim
a gente se espalha, ri e molha o outro.

Hoje, choveu um novo dia!
Choveram minutos, segundos, sorria!
Hoje, choveu esperança,
choveram olhares...
quando chove a gente se encanta,
pula na poça e molha o outro.

Hoje, choveu de verdade!
Choveu bem chovido e o caso foi resolvido.
Choveram amores, cores, sabores...
choveram delícias!
Quando chove assim a gente fecha os olhos e geme

Hoje, choveram sentidos!
Choveram toques, perfumes, tinidos...
chove sensibilidade à flor da pele molhada
choveu tudo em quase nada...
Quando chove assim a gente sente o pulsar da vida.

Hoje, choveu saudade!
choveram cores, fotos, verdades
choveu sentimento do já foi e ainda é
choveu garoa nos olhos sem nuvem...
quando chove assim a gente valoriza o chovido

Hoje, choveu alegria!
Choveram risos, abraços, oração, verdade.
Choveu tanto que transbordaram chuviscos!
Choveu calor, abraço apertado, olhares sorridentes...
Quando chove assim, o céu sinaliza
com cores pra toda gente!
Um arco-íris em mim, em você,
Uma aliança... faz lembrar da esperança:
o Pai do Céu que faz chover!

Amanhã é outro dia

Nunca é tarde para quem está perto
Junto conjuga aguentar
Fé ajunta, juntos, vamos lá!
Amanhã é outro dia!
Deixa vir, deixa ir
Solta o ar!
Larga, solta
Deixa passar!
Amanhã é outro dia!
Tem resposta. Vai sarar!
Tem o toque que Deus dá.
Tem o amanhã. Vai passar!
Amanhã é outro dia!
Deixa a ponte
Assim pode ir e talvez possa voltar.
Deixa passar!

Amanhã é outro dia!

Amanhã é outra história
Amanhã a gente descobre
Amanhã é outro dia
Descobri ontem!

Não Dá

Não dá para ser artista sem sonhar
Ser poeta sem errar
Ser mãe sem sentir vontade de chorar.

Não dá para ser amigo sem abraço
Ser bolo sem dividir um pedaço
Ser feliz sem dar o primeiro passo.

Não dá para conversar sem ser ouvido
Ser feliz sem ver sentido
Dar conselho sem ter vivido.

Não dá para discordar sem argumento
Ser cidadão sem documento
Ser maduro sem passar por sofrimento.

Não dá para ser nação sem me notar
Ser justiça sem proclamar
Ser verdade e não iluminar.

Não dá para ser instrumento sem ação
Ser caminho sem direção
Ser amor sem doação.

Não dá!

A dor do mar

(Menino refugiado morre afogado em 2015)

Nunca mais vou olhar o mar do mesmo jeito.

Na falta do colo, o mar.
Na falta do abraço, o sol.
Na falta de comida, a água.
Na falta de amor, o chão.

Um pequenino ser...

O mundo parou pra olhar.
A alma parou pra chorar.

A dor do desamor
A dor do armar
A dor do mar.

Nunca mais quero ver de novo o que vi,
Nunca mais vou dormir sem uma oração.
Nunca mais ser tão indiferente...
Não dá pra parar o mundo e
recolher toda essa gente?

Dinheiro serve pra quê?
Poder para fazer o quê?
Governo para impedir o quê?
Corações sofrem e choram e ninguém vê.

Falta inspiração

Hoje eu queria escrever, queria pintar, cantar...
Faltou-me inspiração!
Pensei, parada, nas coisas que estavam erradas.
Pensei na vida, na política, no tempo.
Pensei nos problemas do país
e no que falta para a gente ser mais feliz.
Pensei na inflação, pensei nos pobres,
pensei na corrupção.
Pensei a vida de caso pensado.
Mas pensando desse jeito ficou tóxico... deu errado!
Vou tomar uma atitude,
então comecei puxando o ar.
Puxei o ar e respirei fundo, pedindo a Deus
para mudar o meu modo de ver as coisas e o mundo.
Puxei o ar e senti a vida entrando pelo nariz.
A vida é dom de Deus.
É o que basta para motivar a minha ação.
Percebi que a tal da inspiração é o jeito
de puxar o ar e o abrir meu coração.
Inspirei e agradeci a vida que recebi.
Pronto! Agora estou inspirada!
Não vou só compor, vou cantar.
Não vou olhar, vou tocar e ser tocada.
A vida está acontecendo...
Deus é bom, não falta nada!

Dom da vida

Soprar...
O ar que enche o balão, a bolha de sabão, o vidro,
no ouvido, na flor...
soprar a sopa, o machucado.
Soprar a cor, agitar a flor, refrescar...
Soprar a brisa, deslocar o vento, bafejar.
Soprar a gota que se espalha... marejar.
Assoprar a luz, apagar a vela, comemorar!

Ouço um som diferente do que o sopro da gente...
É um divino soprar!

Um sopro santo vem e sopra: — Ruah!
— Haja vida! Enche os pulmões e chora.
O santo soprou vida
e há uma vidinha em nossas vidas!
Celebrar!
Obrigada, meu Deus, pela nova vidinha,
e pelo seu Ruah!

Insônia

Que agonia é para dormir,
meus olhos dizem que é dia.
Não pregam nem fecham, parecem um clarão.
Atordoam minha cabeça, perturbam minha visão.
Quero dormir, não consigo e ainda para incomodar
Chegam os pensamentos para me acelerar.
Eu aviso, não é hora, a gente conversa amanhã,
mas, um nada de sossego,
o corpo acordado em afã.
Meu Deus, povo que sou eu mesma,
a gente precisa dormir,
amanhã que já é hoje eu tenho que dividir,
tenho tarefa e agora quem vai me persuadir?
Ficar dormindo de dia e de noite não dormir?
Façam favor para nós, olhos,
pensamentos e neurônios, galera,
combinado é dormir de noite
e de dia a gente acelera.
Agora é boa-noite, fechar olhinhos, descansar,
termino agora este poema, a gente rima e vai nanar.
... Oi?!!!

Estações

Em cada trecho do jardim move a vida,
há vida que move em mim.
Há estações definidas nas cores do meu jardim.
Em mim, nem sempre há cores ou definições,
há flores florescendo em dores
e cores sem emoções.
O jeito que a estação vem,
de tempo em tempo ninguém retém.
Não há ciclos, há moveres.
Nem sequer um igual.
Há singularidade nos jardins do meu quintal.
Não há só primaveras e verões,
movem-se os anos nas estações.
Quem me viu na primavera,
viu flores em meu cabelo
e no vestido colorido refletido no espelho.
Nos meus invernos viu-me desfalecer,
viu força movida no crer.
Eu sei, o melhor está por vir.
Novas primaveras e outonos,
pode esperar, eles virão,
feliz é quem, em sábia espera,
aguarda a nova estação.

Poeta

Moço escreve um verso,
qualquer um, meu coração quer poesia
necessito ao fim deste dia.
Preciso o bom da arte que me faz bem.
Respirar o ar que sem gás oxigena meu peito.
Fluir que bombeia no compasso o coração.
Refresca sem molhar cada poro do meu rosto.
Moço, não é gosto, é necessidade.
Preciso do som das rimas como notas
de uma orquestra que, mesmo modesta,
lança harmonias que vibram bem-querer.
Vibra a poesia sonora que toca a alma
e a decora feito luz de celebração.
Poesia, por favor, dou-lhe minha atenção.
Diga-me com palavras dançantes, sonhos
distantes, amores ardentes, olhares contentes,
tristezas em semblantes, lampejos calmantes,
singelos delírios do visto somente em poesia.
Falado, sussurrado em delícias do escrito
em brincadeiras de vogais,
consoantes dissonantes, por vezes banais.
Engana-se quem dispensa um momento de poesia,
quem não a houve da beleza distância.
Moço, escreve uma poesia,
se precisar de inspiração,
lhe conto da minha agonia,
cumpra, portanto, a missão,
desejo por arte é só, consola e alivia,
em um momento do tempo e em boa parte do dia.
Eu, aqui, sem perceber correram o tempo e a poesia?
Ah! Eu Acabei de escrever.

A porta

A porta tem seus segredos,
lá começa meu enredo.
Em formatos diferentes
delas saem os desistentes.
Olhando de fora, há medo,
lá dentro, seus segredos.
Desejo de bater e entrar
ou ficar fora e esperar
Melhor bater, o dono da porta irá atender.
Bate na porta, diz o senhor.
Entrar é a parte de quem ouve a sua voz.
Entra porque lá é onde tudo começa.
Sim, a porta muda o lado, o ciclo, o convidado.
Entrar é um risco?
Ficar é previsto.
A porta protege, expande ou impede.
Se bate à porta certa, ela se abre e depois
se fecha, outras rebatem e abrem brecha.
Se trancada, peça a chave, só o dono da porta abre.
Do lado de lá quem sabe só quem entra.
Do lado de cá só fica quem não acredita e se senta.
Senta-se porque cansa viver sem esperança.
A porta, alguns a chamam oportunidade,
outros a chamam Verdade.

Maturidade

Cansei e descansei.
Desisti, depois voltei.
Pedi perdão e perdoei.
Fiz oração e esperei.
Fiz projeto e rejeitei.
Caí da cama e acordei.
Mudei de fase,
antes que o mundo acabe
troquei a chave;
cresci confiando no bem,
no lado bom de alguém...
O tempo passa e eu também!
Já passei o tempo do amém,
quem agrada a todo mundo
não agrada mais ninguém.
Mantenho o bem e o bom,
o exercício e o batom,
mantenho os amigos, os novos e os antigos.
Amigos dizem sim e dizem não,
ouvem e dão opinião.
Só suspeito de um indivíduo:
aquele que concorda sempre
ou nunca concorda comigo.

Quarentena

Janela,
Quem é ela?
Um espaço do ver, do sorrir, do acenar
O meio entre mim e outro
O vizinho, o amigo,
Um espaço para o espaço
Um momento de terraço
Uma pausa para a oração
Janelas sem divisão
Um lugar em um mundo a sós?
Não, na janela estamos nós
Um aceno, um bom-dia
Bem de longe, quem diria!
Uma janela para o mundo lá fora,
Enquanto aqui, orando se demora
A janela se abriu em um quintal
Olhamos um para o outro, afinal!
Um tempo a sós, somos todos nós!
Um tempo em atitude, esperança, virtude
Um tempo de maturidade,
independentemente da idade
A janela e um olhar
Olhando o céu, melhor lugar!

Quarentena 2

O mundo parou e o ar melhorou.
O mundo parou e a natureza agradece,
menos gases poluentes que a atmosfera escurecem.
A família parou e, reunida, percebeu
detalhes da relação esquecida.
Filhos têm pais. Pais têm tempo.
Filhos, alegres momentos.
O amigo parou, talvez esteja em oração,
por mim, por você, pela nação.
Eu parei. Minha opção é a solitude,
olhar para dentro, mudança de mente e atitudes.
Parei e olhei o céu.
Deus falando com a humanidade,
sem Ele nada podemos fazer,
que grande verdade!

Música

Um pingo,
alguém toca,
não é pingo, é nota!
Toca o pingo, meu senhor,
toca o pingo, pianista,
dedos tão elegantes,
são mesmo dedos de artista!
Pinga aqui no meu ouvido,
pinga notas do vivido.
Toca o pingo, meu amigo,
prometo minha atenção,
só tenho sorriso, meu amigo,
Deus lhe pague esta canção!
Cante pingos, seu famoso,
derrame pingos na garganta,
faça dos pingos poção,
quem canta seus males espanta!
À Deus faço uma oração:
Abençoe meus pingos, Senhor,
te devolvo adoração.

Eclesiastes

Paciência
Para ciência
Falta pouco
Para um louco
Se sabia,
Já não sabe
Se cabia
Que se gabe
Nesta noite
Só quem sabe
Se começa
Ou se acabe
Continua tudo igual
Do começo ao final
Do mais moço
Ao mais velho
Um ciclo termina
Outro começa
Nova estação
Para que a apressa?
Num mundo redondo
Com tantas metades
Vaidade
Verdade em Eclesiastes
Tudo é vaidade!

Bem-querer

Eu tenho de tudo um pouco,
um pouco de mim, do outro...
de tudo um bocadinho,
vou colhendo no caminho.
Vou deixando sem perceber
pouco de mim para o outro,
quando um outro está
sem um para colher.
Um pouco aqui ou ali
ainda sem perceber
não diminuo ao dividir,
só aumenta o bem-querer.

Navegar

Navegando neste mar
Ventos, correntes, marés.
Observo o entorno
Começo limpando o convés
Ajusto as velas
Observo o movimento
Espaço, vai e vem de cada onda
Espuma de cumprimento
Mistérios no qual navego
Profundidade do existir
Portos estão longe, às vezes perto.
Abertos neste meu ir e vir
Chegar e partir
Ficar e flutuar no verde deste mar
Nem é escolha, é precisão.
Quem nasce marinheiro
Do mar tira o seu pão
Tira peixe, põe anzol.
Dorme no balanço
No porto, descanso.
Ao entardecer
O sol se refresca no mar do horizonte
Da beleza e o suspirar
Eu aqui dividida
Entre o deslumbre e o trabalhar.
Quem mora no mar já sabe
Antes que o dia se acabe
O importante é navegar.

Clareia

Clareia o dia
levanta...
poesia
lembranças que soam bem
sons que fotografam
palavras vão e vêm
inquieto o movimento
de quem tem inspiração
transpira a alma no compasso
de um verso, uma lição
tem tempo que nunca passa
ou passa demais, além,
se não vê quando ele passa,
corre atrás de nós alguém
quem vem? chama a urgência
e a importância também
a importância chama primeiro
a urgência vem logo atrás
se deixada a importância
urgência não satisfaz
fica para trás o bem-feito,
o tempo não volta atrás,
seu moço, dona moça,
chama a vizinha de porta

o dono da padaria
chama o dono da horta
só para ouvir a poesia
porque é tempo importante
amar com falas de bem
repartir o que se tem
o importante é o alguém
alguém aí?
tome poesia, te dou
palavra te carecia?
te conto
a dor é que forma verso
o amor forma a poesia
a vida passa depressa
então, não perca a alegria
a gente aquieta e começa de novo
algum dia....

Modernidades

Se sei, já não sei!

Sabia, até outro dia.

Se soubesse que não saberia

buscaria saber para algum dia,

quem sabe, conhecer o que hoje,

não sabendo, eu prontamente saberia.

Passarinho canção

Passarinho, me encantas
com a dança das tuas penas,
são cenas que fotografo nas lentes do meu inspirar.
Sou achada ofegante encantada em teu voar.
Sou poetisa sem asa,
voando por tua graça em sonhos do libertar.
Escapam-me sorrisos escondidos,
detalhada em sonidos, flores, folhas, abrigo.
Deus é teu amigo. Deus contigo.
Aprendo sem letra ou voz.
Bendito és passarinho entre nós!
Bendita a liberdade que tens!
Que o homem não te faça refém.
Que tua beleza não lhe seja punição.
Viva a liberdade do passarinho canção!

Nós

O que há debaixo do sol?
Nós!
Uns nós atados, quase e às vezes desatados,
enrolados, emaranhados de nós.
Nós cegos
Somente nós
Quem? Nós nos nós.
Curvilíneos, retos, porém nada justos.
Alguns justificados...
Ajustados no previsível,
desajustados no imprevisto.
Vistos assim, somos nós
na estranheza dos fios
trabalhados nas mãos do Tecelão...
Conhece cada estrutura.
No vai e vem de cada fio, filho.
Ah!... cada nó!
Nós recheados de desejos,
espectadores do Artista.
O fio tramado bem, a trama do fio, nó!
O Tecelão... tira o caos e o nó do nós.
Nós e o Artista, nós e o Tecelão,
nós somos nós depois do caos para ser arte.
A arte do querer bem,
somar, cuidar, desenvolver sem causar nó,
causando o nós.
Eu, nós em mim mesmo, nó cego.
Nós contemplados pela graça.
Nós perfeitamente arte,
perfeitamente trama,
perfeitamente pano de fundo,
perfeito e profundo... nós.

Fotografia

A fotografia diz sem boca, sem discurso.
Que loucura essa figura!
Anexo da memória,
guarda o momento, a história.
Estaciona o segundo no tempo,
o primeiro deixa extasiado o já visto.
Olha isso!
Depois da imagem captada,
um espanto camarada!
Muitas interpretações,
cada um e suas visões.
Eu vi, de um clique eternizei,
o outro viu e eu gostei.
Entretanto visto foi bem outro,
viu o que eu não via antes,
ainda nem sei se vejo.
Mas gostaram da foto!
Esse era meu desejo.

Ora

Hora da oração
Por que ora?
Porque hora vem.
Ora para quem?
Ora por medo ou por que ama?
Ora, por quem chama?
Ora, busca o Pai que tem
A oração ninguém retém
A chama vem quando ora.
Ora, ninguém quer má hora.
Então ora vem, hora vai.
Quem ora não se distrai.
Ora porque melhora.
Ora agora, hora passa...
Quem ora não teme ameaça
Quem ora a hora acerta
Hora perdida, quem não ora.
Ora e olha bem,
A quem ora te mantém
Oro a Deus, que me quer bem
Oro a Jesus, hora vem!

Família

Olhei e vi um moço lindo
Quem me dera, pensei eu!
Eu não via possibilidade
Mas Deus sorriu e me deu!
Ele me deu um beijo roubado
Tudo foi planejado
O namoro, o noivado
Na cena de fundo, um olhar apaixonado
Casamento, apartamento
Misto de sentimentos
Alegria, expectativa, esperança
Depois de oito anos
Duas crianças
Na verdade, duas princesas
Eu nem sei bem explicar
Realezas, sem a linhagem do reinar
Olhinhos espertos, boquinhas rosadas
Fraldas sujas, roupas molhadas
Felicidade em meio ao caos dos gritinhos
Quando poderia imaginar acontecer algo assim
Ganhei um príncipe e duas princesas
Veio de Deus a realeza
O título é por minha conta
O poema também, desconta
Noites sem dormir, chorinhos de dor
Chorinhos de manha, chorinhos de amor
Viagens, passeios, as férias, os Natais

Ganhamos a alegria eterna de
sermos chamados pais.
Arrumamos o lar, bagunçamos a casa
Tudo feito sem discrição
Santa bagunça aqui reina
Travesseiros, lençóis e o colchão
Reuniões bem tarde da noite
Sempre na cama de alguém
A gente ri e chora, mas ri
Adivinha, de quem?
Cada dia um é a personagem
Conta o dia, a vida, a viagem
Mas no meio da conversa
Todo mundo quer falar
Falamos de tudo um pouco
Até meia-noite chegar
Dois passarinhos resolveram
Perto da gente voar
O Marcos os chama de carcará kk
Dois garotos, dois fofinhos
Resolveram se achegar
Deram a eles mais um nome
Mais dois filhos adotivos Deus nos dá
Começamos dois, depois quatro
Agora já somos seis
Nova fase chegará
Ninho vazio... Ainda não

A casa continua ninho
Eu e ele, elas e os meninos
Pousam aqui toda hora.
Nós pousamos lá também
Esperamos na esperança juntos
Aguardando o que Deus tem
Passamos por muitas coisas nestes 37 anos...
Vimos muitas alvoradas
Vimos o pôr do sol
Cicatrizes, rugas, muitos gols sem futebol
Contusões no coração, medo, aflição
Conhecemos o bom e o bem
A dor de perder alguém...
Lembrando do passado
Olhamos para o futuro
Teremos ainda muito trabalho duro!
A vida é luta e amor
A gente luta, sua e chora
Vence, sorri e dá valor
Minha gratidão por esses 37 anos
Meu Deus querido, meu Senhor, meu Salvador!

Maria

Quem viu Maria?
Foi ali olhar o céu.
Quem viu Maria?
Mora lá em Nazaré.
Que lugar é esse?
Fica onde? Tem o quê?
Fica na Palestina,
lá mora a mãe de um bebê.
Me diga aí, sabidão,
quem era Maria que vivia em Nazaré na ocasião?
Maria era adolescente, tinha quase 16,
uma graça a camponesa,
era noivinha de José, morava na cidade Nazaré.
Naquela época era assim:
A moça ficava noiva e aguardava,
o noivo iria preparar
a casa ou a terra, onde, no futuro,
eles iriam morar.
A noiva trabalhava no enxoval,
trabalhava em seu tear,
aguardava a volta do noivo para uma família formar.
Maria recebeu visita ilustre,
antes do dia do casamento,
era pra toda a humanidade,

o mais importante momento.
Apareceu para ela um anjo lindo vindo do céu.
Só para ficar sabendo, era o anjo Gabriel.
Ele disse: Logo vocês serão três!
Você ficará grávida de um bebê muito amado!
Mas antes de Maria contar a José,
ele por um anjo foi informado.
O bebê é filho de Deus,
não é filho de união,
virá para salvar a humanidade,
virá com graça e perdão.
E foi assim que aconteceu,
Maria engravidou de um bebê e Jesus Cristo nasceu.
Viveu aqui e morreu,
mandou seu Santo Espírito
como ele mesmo prometeu.
A história continua,
a minha e a sua também,
Caminho, Verdade e Vida,
eis o convite do neném!

Letras

Letras encantam, divertem, espantam!
Letras dizem...
Levantam as letras.
Quais delas sei?
Serenamente sou desperta pelo que ainda não sei.
Letras... a qual universo elas pertencem,
se meu processo do pensar não tem letras?
Penso em nuvens do meu DNA celeste.
Letras são códigos do ver.
Ver as letras e saber... letras me divertem.
Letras são e eu apenas sou,
uma entusiasmada por seus códigos do visto.
Letras se movem entre uma linha e outra
criando mundos,
universos do saber, convites ao pensar, reconhecer.
Voo em mundos paralelos,
calçando apenas meus chinelos.
Sorrio, amiga das personagens,
imaginando viagens,
estou num mesmo lugar apaixonada por viajar.
Paradoxos das letras... alinhadas,
cuidadosamente colocadas no sentido.
Visito pensamentos, paisagens monumentos,
descobertas em laboratório,

retóricos em auditórios,
palácios irreais, a vida dos animais,
o cérebro humano, um extraterrestre de Vulcano.
Vou a Paris, Berlim, Portugal,
vou ao fundo de um vulcão em erupção.
Vivo romances e tragédias,
rio por rir a realidade das comédias.
Letras... o que vocês fazem? Vício.
Adicta das páginas recheadas de letras,
enfeitadas de acentos.
Letras nem sequer ligam para mim.
Não me percebem.
Eu, aqui, morrendo de amores,
sofrendo flores em pleno jardim.
Letras, combinações que pulam de linha em linha,
capa a capa, de uma página a outra
e eu atrás feito louca!
Que mundo paralelo, que mistério!
Um paradoxo, estou aqui e lá,
letras fazem apaixonar.
Letras... estou à espera do seu perfume em páginas.
Bons entendedores entenderão essa paixão!

Elevar

Encorajamento, palavras ditas a bom tempo.

Mão que eleva a alma e acaricia os sonhos.

Olhar que convida a continuar e confia do meu ir.

Sensibilidade que percebe a necessidade de voar e partir.

Partilha de projetos e entusiasmo do incerto.

Um acreditar que vai vingar, crescer, multiplicar.

Vibrar ainda sem o placar, cantar, abraçar e se alegrar.

Encorajamento, vida em comunidade e envolvimento.

Mar de mim

O Mar
Não sei...
Esse mar de mim
que levanta ondas,
por vezes vigorosas,
por outras,
marolas silenciosas.
Um mar de transparências,
profundezas,
mistérios do mar,
movimentos que vão e vêm,
reativa ventos;
por vezes reflexo do belo
por outras o caos do agitar.
Esse mar que acolhe o criado,
absorve o rejeitado,
salga o desorientado.
Um mar de ar que infla a esperança,
expira em tempo de aprofundar.
Aprender com quem
navega sem naufragar.
Um mar de tantos,
mar de profundos prantos,
Há tantos cantos nesse mar...
Sei lá...

Piso na bola

Piso na bola, e me sento,
porque sentada apresento a minha real situação,
foi mal, sem intenção.
Um misto de vergonha
desejo do tempo voltar, pra consertar
desconcerto que eu acabei de arrumar.
Tem jeito, seu moço?
Gente sem jeito assim?
Dou um fora por semana,
menos se eu não sair da cama.
Para este caso não há premiação,
quem pisa tanto na bola só recebe é uma lição:
Pense mais pra falar,
não acredite em tudo que ouvir,
senta para escutar e escuta sem discutir.
Às vezes eu acerto, muitas outras, não.
Chego e já vou dando minha modesta opinião.
Conheço de tudo um pouco,
um pouco de tudo eu sei,
misturado na conversa esqueço o que comecei,
misturo frase com outra, citação sem autoria,
livro me lembro de partes, dos autores, minoria.
Sou dessas meu amigo,
o importante é conversar,

se ficar parada a conversa,
me mudo para outro lugar.
É assim a roda-viva, cheia de blá-blá-blá,
A roda fica morta se não se comunicar.
Um fora aqui outro ali, tudo sem má intenção,
piso na bola, corto a conversa na metade,
tudo na inocência, sem um pingo de maldade,
Dar um fora é missão dos distraídos, destreinados.
Já sorriu ao se lembrar dos foras atrapalhados?
Sim, dar foras também tem sua utilidade,
Os amigos morrem de rir e mantêm a sanidade.

Verdejando

Não sei quando canso, percebo no descanso.
Se sinto falta ainda não sei, estou onde cheguei.
Falo com sinceridade, não me calo se maldade.
Percebo o que poucos veem, já viu?
Estou a um passo do ido, despi a mala, calcei à
espera. Pisei na soleira do encanto do simples,
olhar e ver, sorrir sem perceber, sementes,
tão prudentes, preservam todo o seu ser.
História de quem já sabe que o futuro vem.
Semente em terra boa ninguém retém,
dá a cem por um, e eu sem perceber,
debaixo da mão estou usufruindo o bem-querer.
Deixa a planta, minha gente, deixa lá.
Tem passarinho com filho, um ninho
para sustentar, tem semente para o futuro,
guarda seu DNA, planta guarda água para
a gente, e sombra para descansar.
Deixa o bicho na floresta, deixa a floresta para o
bicho, tira o boi do pasto seco, tira o seco pasto
da floresta. O bicho tem vida e tem pressa.
Tem bicho sem companheiro porque foi preso
na gaiola. Ser desumano, procurando, põe
o bichinho na sacola. Sacoleja o pobrezinho
e oferece depois para a venda o pobre

bichinho vivendo só de tristeza e arroz.
Canta o bichinho na gaiola, mas não
canta de alegria; ele canta de saudade,
canta por melancolia, canta um grito de
socorro, preso entre grades de agonia.
Bicho preso, prisão é para castigo.
Bicho não é brinquedo, nem seu melhor amigo.
Bicho é um ser vivo e precisa de lugar,
ele mora na floresta, lá no verde é o seu lar.
Não compre e não venda bicho.
Eles merecem a floresta. Ser desumano mata
o bicho, peste humana que não presta.
Denuncie, meu amigo, faça isso por favor,
o bichinho não merece a gaiola, uma casa do horror.
Quem pode voar e não voa, olha que judiação,
não voa porque o homem o colocou na prisão.
Que mal fez o passarinho, olha que falta de amor,
foi preso o pobrezinho só por ser um bichinho cantor.
Deixa o bicho solto, deixe ele viver,
que mundo triste e solitário, esse mundo vai morrer.
Mais bonito é admirar o bicho solto em seu próprio lar.
Lar de bicho é floresta, em outro lugar não há festa.
Tira o pasto do cerrado, floresta virou gramado.
Sem mato bicho não vive, gente livre se livre
do desumano, solta o bicho, deixa o verde,
planta o verde o esverdeado, o que dá fruto,
o colorido, deixa em paz o alagado.

Criação

Ah, versos de mim... fluem de modo espontâneo
não consigo explicar, preciso compartilhar.
Versos de mim que brotam como fontes
de palavras que aquecem o meu peito
e deságuam no desejo de falar bem.
Bem da vida é de quem quiser olhar
com gratidão a criação, a beleza do irmão,
a delicadeza do ar, do mar da trilha,
do olho do bicho, da folha, da flor, a dança da cor.
Do pozinho da formiga, a arte de trabalhar
dessa amiga, a arte do cantar do passarinho
e a delicadeza do ninho.
Me perco na sinfonia dos verdes,
dos sons que dele emanam
escondidos seres conversam e exclamam
e falam de quê?
Que delícia ouvir os sons da alvorada passarada.
Sons do entardecer parecem alguém dizer gratidão,
um mundo em exposição.
Ao cair da luz a vida se torna mais calma
ou reluz com seres menores que eu,
que brilham e piscam dizendo
que ainda há alguém ali no cuidar.
Chego mais perto e olho a lua,

ingênua, segura, imponente
às vezes se está cheia, ilumina, presenteia,
mas a imponente também míngua,
tímida se esconde em si,
faz do escuro um pouco mais inseguro,
ainda ouço a sombra,
vida escondida, cuidada divinamente,
como a vida da gente.
Sinto em batidas do peito um ecoar de respeito,
não depende de mim, nem do meu tempo,
por isso que meu aguardo é atento.

Salmo 121

Elevo meus olhos para os montes
De onde me virá o socorro?
O socorro vem do Senhor
O Deus a quem eu recorro
A Ele dobro os meus joelhos
Seja de noite ou de dia
Passam-se os meses...
Esta terra em agonia
Elevo meus olhos porque sei
Que milagres acontecem
Deus dá ordem sobre a terra
Manda seus anjos e descem
Não desista, ore, peça
Interceda pelo vizinho, pelo irmão.
Peça à Deus pela família
Por nosso estado e nação
Não desista!
Insista!
Ore!
O Grande Deus não está morto
Viva esta experiência
Ele comanda o cosmos,
O mundo e toda a ciência.
Ele convida
Orar e crer
Ele não desiste de mim
Não desistiu de você!

Um choro na poesia

Hoje, a poesia deixou letras soltas.
Desconexas
Solitárias
Letras mascaradas
Isoladas
Sem som
Sem ar
Sem contos pra imaginar
Hoje, fugiu a poesia.
Não quis rimar
Tocar a alma
Acarinhar
Hoje, a poesia saiu da linha.
Sem se importar
Poesia chorou
A despedida do outro

Memórias

Mãe, conta pra mim.
Da infância
O que eu mais gostava de fazer?
Como era meu cabelo?
O que me dava pra comer?
Conta-me dos meus medos
Dos prediletos brinquedos
Das tarefas da escola
Músicas preferidas que tocavam na vitrola
Mãe, me conta
Porque já perdi a conta
Esqueci-me de perguntar
O que você preparava pro jantar
Como eram teus vestidos
Teu jeito de costurar
Não me lembro dos amigos
Dos meus tios de além-mar
Como eram eles?
Vinham nos visitar?
Conta-me dos aniversários
O que eu mais gostava de ganhar?
Dos Natais, me conta tudo
Lembro-me bem pouco
A gente nem tem fotografia

Lembro-me de presentes e visitas
nas casas das titias
Mãe, me conta, porque eu me esqueci de perguntar.
O tempo passou, e agora,
Você não consegue se lembrar
Passei tempo demais...
Sem tempo pra te falar.

Fusca

Deixa a chave no contato
Gira a chave no buraco
Engata a marcha
Não dá a ré
Tem gente atrás empurrando
Esse carro, esse, pois é
Deixa no ponto morto
Segura para não bater
Carro velho é assim mesmo
O importante é se mover
Pega no tranco
E vai
Cai no buraco e sai
Estilo, não sai de moda.
Gasolina demais e ele afoga
Lataria, um risco aqui e outro ali.
Falta alguém para polir
Aparecem duas cores
A nova e a original
Só rindo aqui, meu amigo
Que cor é essa afinal?
O pneu está meio gasto
Meia vida,
A vida inteira

O banco tem pouca espuma
Mistura banco e cadeira
O farol é bem charmoso
Liga e desliga sozinho
Eu fico observando
Ele piscando para o vizinho
A buzina não canta, ela ronca.
Carango mandando bronca
Sai da frente, tô chegando!
Eu tinha um fusquinha assim.
Quem se lembra desse fusquinha
Vai também se lembrar de mim!

Xadrez

Preto no branco
Branco no preto
Figuras que andam
Precisos movimentos
A torre em colunas
Cavalos em eles
Rainha à vontade
Como todas as mulheres
Cada um em seu espaço
O bispo nas diagonais
Proteção será ao rei
No tabuleiro de rivais
Neste duelo de cores
Figuras e posições
Os menores são importantes
Nunca despreze os peões!